오래 골목

시와소금 시인선 · 100

오래 골목

박해림 시집

시와 소금

▌박해림 약력

- 1996년 《시와시학》 등단.
- 1999년 《대구시조》 장원 등단.
- 2001년 서울신문 부산일보 시조 당선.
- 1999년 《월간문학》 동시 등단.
- 아주대학교 국문학과 졸업(문학박사)
- 고려대학교 한국어문학과 졸업(문학석사)
- 연구서 『일제강점기 저항시의 주체 연구』 『이용악 시 주체 연구—해방기를 중심으로』 등.
- 시집 『그대, 빈집이었으면 좋겠네』 『바닥경전』 『고요 혹은, 떨림』 『실밥을 뜯으며』가 있음.
- 시조집 『못의 시학』 『미간』 『저물 무렵의 시』 『눈 녹는 마른 숲에』와 시선집 『흔적』이 있음.
- 동시집 『간지럼 타는 배』가 있음.
- 시 평론집 『한국서정시의 깊이와 지평』과 시조평론집 『우리시대의 시조 우리시대의 서정』이 있음.
- 수주문학상, 김상옥시조문학상, 지용신인문학상, 청마문학상신인상 수상 등.
- 아주대, 경희대, 호서대 강사 역임.
- 현 계간 《시와소금》 부주간.

- 전자주소 : haelim21@hanmail.net

| 시인의 말 |

다섯 번째 시집을 펴낸다.

뒤늦은 장맛비가 기억의,
고요의 공식을 깬다

빗방울이 땅에 닿는 소리
혼곤히 내 팔에 기대는 소리
후드득 내 얼굴에 번지는 소리…

땅을 보기보다
위를 보아야 하는 일이
자꾸 두렵다.

익숙한 창가에서 위로를 받는 저녁이,
이웃의 발자국이 사라질까 두렵다.

2019년 9월
박 해 림

| 차례 |

| 시인의 말 |

제1부 절반의 그늘

묵은지 생각 ___ 013

K 시인 ___ 014

호이 호이 ___ 016

달, 저녁 ___ 018

안부 ___ 020

절반의 그늘 ___ 022

공중전화부스 ___ 024

비탈 ___ 026

흐르는 동굴 ___ 028

깃발 ___ 030

사막의 이유 ___ 032

진법 ___ 034

선택 ___ 036

미완의 변명 ___ 038

제2부 오래 골목

햇볕 반쪽 — 오래 골목 · 1 ___ 043

예술 말고 외설 — 오래 골목 · 2 ___ 044

마네킹, 마네킹 — 오래 골목 · 3 ___ 046

구부러진 직각 — 오래 골목 · 4 ___ 048

화분들 — 오래 골목 · 5 ___ 050

내 의자 — 오래 골목 · 6 ___ 051

전업 시인 — 오래 골목 · 7 ___ 052

길고양이 — 오래 골목 · 8 ___ 054

늘 푸른 그림자 — 오래 골목 · 9 ___ 056

계단 — 오래 골목 · 10 ___ 057

너머와 아래 — 오래 골목 · 11 ___ 058

발자국들 — 오래 골목 · 12 ___ 059

폭설 — 오래 골목 · 13 ___ 060

어머니 — 오래 골목 · 14 ___ 061

제3부 감전의 징후

다시 둥글다 ___ 065

감전의 징후 ___ 066

달의 전설 ___ 068

실연을 꿈꾸다 ___ 070

상처 또는 흔적 ___ 072

슬픔 위에 집을 짓다 ___ 074

봄의 문신 ___ 076

산길 하나 ___ 077

통증 ___ 078

울음동굴 ___ 080

녹슨 고요가 있었다 ___ 082

산구절초변명 ___ 084

혀의 기호학 ___ 086

모른 척하기 ___ 088

제4부 숨

숨 —— 093

뿌리에 대하여 —— 094

나는 날마다 진화한다 —— 096

시를 파는 소년 —— 098

우물이 있던 자리 —— 100

망각 —— 102

기대어 피다 —— 104

불온한 가을 —— 106

근성 —— 108

습성 —— 110

맨발 —— 112

고전의 형식 —— 113

충주미륵사지 —— 114

작품해설 : 박해림

오래, 오래 골목이 살아야 하는 이유 또는 변명 —— 119

제 1 부

절반의 그늘

묵은지 생각

오래 묵은 사람에게선 묵은지 냄새가 난다

오래 만난 사람에게서도 묵은지 냄새가 난다

모처럼 만난 사람들 커피를 사이에 두고
묵은지 냄새를 탁구공처럼 탁탁 받아넘기고 있다

오래 묵어 큼큼해진 시장 사람들, 쪼그라진 손등을 펴서
오랜만에 찾아든 혹한의 따순 햇빛을 서로의 등에 빨아 널고 있다

노점을 찾은 낯선 발걸음이 주춤, 멈추었다 멀어진다

묵은지 냄새가 얼른 그 뒤를 쫓아간다

K 시인

입동 지나 눈발 흩날리는데
오랜 친구를 만난다
귀밑까지 눌러쓴 모자가 제법 실하고
가슴팍까지 끌어올린 방한복의 지퍼가
이즈음 가장 근사했다

잠시 눈발 속을 걷자며 주머니에
손을 찔러넣은 시인의 눈빛은 형형했다
어깨를 움츠리는 대신 포, 포, 포 웃음을 날렸다
치킨집을 여럿 보내고 해장국집은 멀어졌지만
참새처럼 법석을 떨며 지저귀었다

국숫발 같은 눈발이 턱에 내리꽂힐 때
으쌰, 으쌰 되받아치며
주머니를 꼭 움켜쥐고 있는 것이
칼을 품고 때를 엿보는 것만 같아
가슴이 출렁이는 것이었다

손을 빼서 가슴을 벗어 보이라고
툭툭 어깨를 칠까하다가 잎 떨어진 나뭇가지
멀어진 하늘을 본다 눈발이 어지간하고
저녁 찻집의 모과향도 흩어져
막 시작한 계절이
어두워져 가는 골목길만 같아서 자꾸 뒤돌아보는데

두어 걸음 앞서 걷는 시인의 호주머니에서
영롱한 날을 숨긴 초저녁 별이
툭툭, 투투툭 눈발처럼 눈물처럼
쏟아져 내리는 것이었다

호이 호이

쉬었다 운다
이름이 극락조라고 한다
자꾸 쳐다보니 훌쩍 날아가버린다
어디서 왔는지 묻지 못한다
대답을 기다렸으나 끝내
용기를 내지 못한다

이름 때문에 발끝을 숨기고 싶었던 적이 있다
누군가 이름을 물어보면
입술 속으로 도망가고 싶었다 아니,
호이 호이
극락조처럼 훌쩍 날아가 버리고 싶었다

숲속을 빠져나온 고요한 새의 발자국이
창문 밖으로 날아오른 내 어린 날의 징검돌이
천 갈래 만 갈래 흩어지면
이윽고 저녁이 오곤 했다
나는 오래 우두커니 느슨한 벽처럼 입술을 깨물다가

한때의 이름처럼 흐릿하게 젖었는데
이럴 때 문득,

오래 벽에 걸려 있던 사진 속의 아버지가
호이 호이 노래하며 날아들지 모르겠다는 생각을 한다

달, 저녁

엄마는 늘 불을 끄셨네
설거지를 하면서 불을 켜지 않았네
어둠 속에서 무얼 하나 몰라

그릇들이 어둠을 삼켜도 어둠은 줄어들지 않았네

엄마는 늘 불을 켜지 않았네
불이 어둠에 빠질까 걱정되었을 것이네 그리하여
딸깍, 딸깍 방이 꺼지고
딸깍, 딸깍 마루가 꺼지고
딸깍, 딸깍 부엌이 꺼졌네

붉은 창호지에 번진 엄마의 눈빛이 형광등보다 밝은 것을 그때 처음 알았네

엄마는 늘 불을 멀리 밀어놓으셨네
60촉 백열전구도 눈이 시려 30촉으로 바꿔놓으셨네
마침내 전구가 나갔을 때, 몰래 품속의 달을 켰네

달빛이 스러지고

엄마의 눈빛이 스러지고

마침내 밤이 스러질 때

달그락, 달그락 부엌이 일어나 혼자 어둠을 켰네

아버지는 이날도 돌아오지 않으셨네

안부

어머니 오래 비워둔 방
햇볕은 잘 드는지
장판 안쪽은 습하지 않은지
부연 유리창 너머 옛길 내다보러 간다

안부란 참으로 미심쩍은 동물 같아서
못내 마음 서러워지면 오갈 데 없는
승냥이 되어 눈발 헤치고 서러운 입김을
우우 뱉어야 한다

발길 아무렇게나 나뒹굴어도
부연 유리창 너머의 저녁은 여전할 것이므로
여러 날 이곳저곳을 기웃거리고
그 길이 그 길 같아서
강가에서 산중에서 헤맨 날들이 그러했다

막 햇볕이 사위어져 갈 무렵
어머니 어둑한 방문을 밀었는데

바닥 한가득 꽃이었다
꽃이었던 벽지가 빈 몸을 열어
그때의 날들을 꼭 껴안는 것이었다
방안이 후끈 달아오르고 있는 것이었다

절반의 그늘

세상의 절반을 뒷면이라고 부를 때

개미와 고양이의 겨드랑이에 날개가 돋는 것
가시를 삼킨 꽃은 캄캄한 구름을 밀어 올리고
소망을 잃은 씨앗은 결빙하는 것

새들이 들락거리던 산수유나무
겨드랑이가 가려울 때 힘껏 날개를 뻗쳐도
손이 닿지 않는 곳이 있는 것이다

날마다 웃자라는 상가에서 지루한 시간의 잔뼈를 골라내고

사거리 횡단보도를 통과하는 산삐꾸기 먹울음 소리에
발끝이 걸려 넘어지지 않도록 해야 하는 것이다

새벽에 떠났던 사람들이 서둘러 돌아올 즈음
사람들이 뛰거나 서 있던 자리에 벌써 풀이 돋고
뒷면이 자란다

울음을 덜 그친 아이의 눈물은 발효가 진행 중이다

시멘트가 떨어져 나간 언덕바지 골목길
게으른 지팡이를 보초로 세우고
싸구려 소파에 기댄 노인
생의 바닥을 훑던 가난한 나뭇가지를 꺼내
머리 위에서 재잘거리는 새들의 겨드랑이를 천천히 긁는다

햇빛 문고리가 남은 그늘을 달랑달랑 흔든다

공중전화부스

아파트단지 상가의 공중전화 부스
낡은 회전의자가 놓이면서 썩 외롭지 않아 보였다

이렇다 할 소득도 없이 낡아가는 것이
언어가 낡아 구차해진 서정,
지루한 감성으로 채워진 한물간 시집만 같은데
한때 뼛속까지 검열을 받았던 반공, 방첩 따위의
질곡의 시대에 대한 반성문처럼 펄럭이는데

그 위에 새로운 햇빛이 쏟아지고
구름이 머뭇거리다가 마른 비를 내려놓거나
저물도록 바람이 나뭇잎을 흔들고 가는 내내
몇몇 조항에 걸려 재개발하지도 못하는 소외 따위는
아무런 저항도 되지 못한다

어느 해 겨울,
사흘 내내 폭설이 내리고 회전의자 위에 눈사람이 놓였다
고개를 푹 숙인 것이 그 옛날의 외할머니만 같아서

한참을 서 있었다

막 넘어가던 저녁해도 한참 그러고 있었다

비탈

층층이 쌓인 나무가 꽉 물려 있다
틈을 삼켜버린 신음이 어둠을 키워내고
툭, 건드리기만 해도
한때 나무였던 기억을 잊을 것이다

껍질이 반듯이 깎인 나무들은
대개 어딘가의 받침대였거나
기둥이었거나 천정을 떠받치고 있었을 것이나
제법 무늬를 잘 건사한 탓에 다행인 것은
따뜻한 손이 머물다 갔거나
지친 어깨며 시린 등에
온기를 들여놓았을 것이다

밑동이 썩어버리거나 갈라진 나무들은
꺼칠꺼칠한 껍질로 보아
세상과 거만하게 맞섰다가 쿵 하고 쓰러졌을 것인데
그때는 핏줄이 탱탱하였고
힘줄이 불끈불끈 살갗을 뚫었을 것이다

그래서 단번에 싹둑 잘려서 다리가 되었거나
디딤돌이 되었을 것이다

파밭에 제 마지막 몸통을 내준 나무는 아예 맨몸뚱이다
어떤 곳은 결이 삭아 벌써 흙이 되려 했지만
아무도 개의치 않는다
발치에 명아주들이 살림을 차린 것도 모두 아는 눈치다

강 건너 당구 잘 쳤던 철구 아재는
처음부터 맨몸뚱이였다 어느 날,
흙으로 돌아갔는데 전혀 개의치 않았다

흐르는 동굴

얼마나 오래 흐르고 있었던 걸까

벽을 내어준 길은 물렁하고
물을 내어준 천정은 고요하다

길이 끊어지면 물이 앞장선다
어둠이 길을 삼켰을 때도 길은 끈질기다
발은 길을 알았던 것일까
웅웅 오래 숨을 참고 있었던 것을
곳곳에 숨어 있던 웅덩이에 이르러
출구와 입구가 흩어졌을 때도 길은 이어진다

아무도 길을 잃었다는 전갈은 오지 않았으나

어슴푸레한 불빛 아래 천길 낭떠러지가 솟아오르고
온갖 형상의 기물이 나선형 긴 낭하를
한입에 먹어치울 때

링거줄에 매달린 어머니, 꿈틀 눈을 뜨는 것이었는데

수액이 길을 내어주지 않았다면
흐르는 물을 따라 걷지 않았다면
출구를 찾지 못했을 것이다

깃발

내가 아닌 나를 꿈꾼다

그 접점을 허문다 역성혁명이다
꿈꾸는 건 내가 아니고 그렇다고 너도 아니라고 변명한다

변명이란 가끔 해야 들어 먹히는 법이다
오늘은, 모처럼 별이 맑은 날이라는 일기예보가 있었다

너도나도 아닌 것을 꿈꾸는 것이 내가 가야 할 길이라면
바람은 왜, 자주 한쪽으로 부는 것인가

고립된 빛이 조각조각 흩어져 바람의 등 뒤로 숨는다
안부를 묻던 빌딩 사이로 간혹,

달이 우두커니 기다리고 있던 적이 있었다
한때 그 우두커니를 사랑했던 날도 있었다

출렁, 어둠이 미끄러진다 모서리가 떨어져나가 너덜해진 몸

날개를 벗어던진 파도가 느릿느릿 덮친다

허우적인 별은 녹슨 어둠을 삼키고
나에게서 달아난 네가 펄럭이다 침몰한다
발바닥에 허기를 심고 눈밭을 헤매다 돌아온 날
나는, 강가 모래밭이나
언덕배기에 휘날리는 붉은 깃발이었다

헝클어진 머리카락 사이로 골목길이 걸어 나오고
가끔, 파도의 목덜미에 얹힌 네가
어둠 속 뱃멀미를 하는 내가 지루하게 걸어 나온다

한쪽으로 독하게 사라지는 것들은 이미 예정되어 있었다

사막의 이유

유리창 햇볕에 기대 형편없이 쪼그라든 무가
삭은 발뒤꿈치를 뒤집고 있다
둥글었던 시간이 있기는 하였던가

번뜩인 칼날, 흰 동공을 베어내고
쉴 새 없이 날아든 모래바람을 삼킨 창백한 입술과 혼돈의 눈썹은
붉은 사막의 회오리를 끌어안고 허기를 채우는 중이다

관습의, 둥글고 길었던 삶의 방식이
마침내 마지막 저녁 햇살을 먹어치우고
탈수가 끝난 몸이 이윽고 모래주름에 묻힐 때

최초의 날과 최초의 등뼈가
육질의 둥근 시간을 사막의 몫으로 내놓았다
한 생을 순항하였으나 햇빛의 속도를 오판한 죄명을 달았으므로
쪼그라진 영혼은 쉼 없이 붉은 사막을 걸어야 할 것이다

닻을 내려 햇빛의 정박을 허락한 사막의 국경은
제한 속도를 지운지 오래, 바람이 되고 싶었던 것일까
모래물결을 새겨 넣은 화석이 되고 싶었던 것일까
너무 오래 둥글었던 몸

어두워진 눈빛을 굴리며
붉은 심장을 벗어던진 베두인의 거친 손마디 어디쯤
사막의 핏빛 인장을 탐을 냈던 적은 있었다고 자백한다

공식을 벗어던진
가벼워진 저녁해가
푸른 줄무늬의 부엌을 길게 늘어뜨리는 저녁
붉은 사막을 어깨에 두른 베두인의 검은 눈빛이
갈기를 휘날리며 달려온다

진법

햇빛 아래 발톱이 눈부시다
각기 다른 창을 가진 기억의 방이 퍼덕이며 날개를 펼친다, 늘 그랬듯

익숙한,
자작나무의 희끄무레한 숨결을 견뎌온 결핍의 시간은 내일의 다락방에서나 안도할 테지

날개를 가졌으나 한 번도 날아본 적 없으니
하늘을 꿈꾸었으나 한 번도 땅을 벗어난 적 없으니

어린 발톱이 달을 훔쳤던 적이 있었다
어린 발톱이 해를 할퀴었던 적이 있었다

뿔을 꿈꾸었으나
모자만 갖게 된 여섯 살은 늘 무언가 훔치기만 했고 훔쳐도 훔쳐도 성에 차지 않았다

그럴 때마다 발톱은 안으로 슬픔을 키웠다

꿈의 가슴에는 도망치는 법을 잊어버린 새가 아직도 날고 있으니

가끔 바닥에 어둠을 내려놓고 심호흡을 몰래 키우기도 했을 것이다
다음 날이면 다시 발목을 내려놓을지라도
또 다음날이면,

푸득 푸드득 가슴뼈가 드러나도록 진저리를 치곤 할 것이다
기억을 회복한 날개가 구름이 될 때까지

선택

꽃을 그려 넣은 그릇들이 꿈틀하네
파문이 일고 꽃들이 둥둥 뜨네
아이가 화단의 잎사귀를 들어내는 동안

꽃이 달아나네 언제부터 숨어 있었던 것일까
향기만 남기고 사라진 발꿈치들이여

꽃은 잎사귀 뒤로 자꾸 숨고
아이가 그 뒤를 무량하게 쫓을 때
자꾸 달아나는 꽃이여,
자꾸 사라지는 꽃이여,

소문을 숨긴 바닥, 낡은 슬리퍼가 끌어 올리는 슬픈 음계,
층층이 쌓아 올린 퍼즐 상자의 공허한 그늘은 숨기에 딱 좋을만 하지

발그레한 꽃술 속에 꼭꼭 숨은 가면의 뼈들,
허공을 관통한 비의 날들,

시간은 자꾸 차오르고 숨이 가쁜 눈동자는 후사경이 없네

후드득 빗방울이 들이치고 막 젖은 꽃과 잎사귀 사이
아이가 꼼짝없이 갇히네

빗방울과 꽃과 잎사귀를 빠져나올 생각이 없는 아이는
고개 숙여
고요 속에 일어난 작은 사건을 열람할 요량이네

잎사귀에서 꽃으로 꽃에서 잎사귀로 오가는 아이여
어디로 가고 있는가, 꽃이여

꽃잎이 떠내려가지 않도록
꽃이 비명을 지르지 않도록 그릇을 꼭 붙들어야 하네

아이가 꽃 속에서 길을 잃지 않도록
물속의 잎사귀를 조심조심 열어야 하네

미완의 변명

꽃이 피려다 말았다
속을 뒤집어 봤지만 단단한 이마만 반짝일 뿐 젖은 머리칼을 내려뜨린 가지 끝 첫 봉오리는 파동이 없다

꾹 다문 입술은 미각을 버린 석면을 닮았다 부풀다 만 납작한 가슴을 꼭 끌어안은 채
두 다리를 옴팡지게 가둬버렸다 쉴 새 없이 흐르던 물소리가 파닥이다 멈추었다

피지도 못한 구차함은 푸른 물방울 뒤에 딱 붙어 있다

허공의 계단을 쭉 밀고 내려온 새는 주둥이를 내밀 때를 기다리지 못한다 지금,
무슨 일이 일어난 거지?

첫 가슴은 수많은 혓바닥을 가진 별, 뜨거운 가슴을 가진 단 하나의 우주가 될 텐데
저녁 창가의 뜨겁고 달콤한 첫 키스, 완벽한 침묵 속 누군가

베어낸 달의 흉터를 한순간에 봉합할 텐데

꽃은 진작 허공에 잎사귀를 던져두고 계단을 거둬들였다 새가 노래할 때 물소리의 기억을 지우기로 한 것은

차가운 이별의 슬픔을 견딜 수 없었기 때문이라는데 분홍 입술이 첫키스를 오래 기억할 용기가 없었기 때문이라는데

피다만 봉오리는 더는 흐르지 않고

촘촘한 상처는 부풀어 오르지도 납작해지지도 않는다 잎끝에 매달린 구름이 잠시 느슨해질 때

겁탈을 엿보던 사내, 햇빛 속으로 줄행랑친다

제 2 부

오래 골목

햇볕 반쪽

— 오래 골목 · 1

부수다 만 벽 한쪽이
서툰 바리깡질에 파헤쳐진 머리만 같아서
사막 위 뜬금없는 난전이 펼쳐진 것만 같아서 눈 둘 데 없다
기댈 데 없는 햇볕이 뜨다만 털실처럼 뭉쳐져 있는 것이
하루 일당을 놓쳐버린 일용직 노동자만 같아 보이는 것이다

오후 늦도록 오래 골목이었던 그 땅에 햇볕 반쪽이 쭈그려 있다

예술 말고 외설

— 오래 골목 · 2

오래되었다는 이유 하나로
골목이 부서졌다
잇대고 덧댄 구불구불한 길과
앞집과 옆집, 뒷집이 키워낸 찔레 덩굴이
윗집, 아랫집으로 통하는 쪽문 밖으로 사라지면서

'예술의 거리' 라는 필명을 얻은 거리가
거무튀튀하거나 푸르둥둥한
강화유리벽 고층 건물이
사람들을 순대처럼 엮어
골목 행세를 하는 것이었는데

유리가 햇빛에 반사될 때마다
끈을 풀어 내린 브래지어, 허물어진 검정스타킹
바지를 올리지 않은 근육질 엉덩이 따위의
붉고 뜨거운 실루엣이 흐드러지게 피는
미성년자관람불가가 연속상영되는 것이었는데
눈부셔 차마 고개를 돌리다가

아무리 애를 써도 외설은 외설이고
예술은 예술이라는 것쯤은
입이 기억하고 있다는 걸 기억해냈다

마네킹, 마네킹

—오래 골목 · 3

골목이 사라지자 사람들의 걸음이 빨라진다
쫓기는 사람들처럼 뛰고 걷는다
우후죽순처럼 솟아오른
유리빌딩이 함께 뛰고 걷는 동안
유리진열대의 마네킹이 사람처럼 보이고
유리 건물 속의 사람은 마네킹이 된다

이 모두가 유리빌딩 속으로 숨어버린
골목 탓이라고 해두자

가슴에 남은 골목의 흔적마저 사라질까 봐
뒤도 안 돌아보는 것이라고 해두자
…
라고
말해도 하나도 궁금하지 않을
낙화 분분한
봄날,
오후가

발신인도 없이 숨 가쁘게 도착한다

구부러진 직각

— 오래 골목 · 4

직각이 싫어서가 아니다

욕심이 없어서가 아니다 그 누구보다 잘 살고 싶은 마음

없어서도 아니다

어둠을 졸고 있는 가로등이 좋아서도 아니다

한 사람이 여럿 되어

조금씩 방을 쪼개고

마당과 담벼락을 쪼개어 햇볕을 나눌 때

절로 각이 닳아지는 것이다

잠 너머 뉴스를 듣는 이른 아침

출근길 옆집 현관문 소리가 귀를 울리고

까막까치가 나뭇가지를 고를 때

가방을 메고 마루 끝에 앉은

어제의 분이를 보고 싶어서다

땅이 뚝딱 잘리고 직각으로 쌓아 올린 빌딩이

산 같은 그늘이 보도블록을 찍어 누르면

그 위를 허적허적 걷는 어깨가
너무 무거워져 감당할 수 없어서다

그러니 직각이여
조금 구부러지면 안 되겠니?

화분들

—오래 골목 · 5

세상에서 가장 먼저 꽃을 피우는 골목
그 골목을 화분이 지킨다

누구누구 것이라고 이름 써 붙이진 않았지만
담벼락 아래 늘어선 화분들
햇볕이 쏟아질 때마다
짝짝 껌딱지 소리를 내며 꽃대가
쑥쑥 올라오는 것이다

이른 아침 우유를 배달하는 이마 파란 청년의 발걸음을
청소부 아저씨의 비질 소리를
처마 밑 낙숫물을
한입에 받아먹고 자라는 화분들

가끔 달리아 금잔화 맨드라미 대신 쑥갓이나 쪽파, 상추 같은 푸성귀가
화분을 채우지만
짧은 봄을 그나마 길게 지킨다

이럴 땐 햇볕도 잠깐 숨을 고른다

내 의자
— 오래 골목 · 6

내 의자가 네 의자여
네 의자가 내 의자여

녹슨 철문 옆 2인용 소파에 지팡이를 걸쳐놓은 노인 둘
나란히 내 의자에 걸터앉는다

어제의 의자에 앉은 오늘의 노인이 내일을 또 살아야 하는데

오늘의 의자에 앉은 어제의 노인이 나중을 또 살아야 하는데

햇볕 아래 병아리처럼 까딱까딱 졸고 있다

이때다! 하고,

불도저 기계음이 우루루 몰려와
이미 어제가 되어버린 내일을 매 발톱으로 낚아채 간다

전업 시인

—오래 골목 · 7

수십 년 시를 쓰면서도
나는 여전히 날(生) 것이다

몇 년을 농사짓거나 장사 하고 노래하면
전문농부거나 장사꾼이거나 가수가 되는데
아무개 시인, 불러도 돌아보지 못한다
골목에서 태어났고 골목에서 성장한
또 다른 아무개 시인과 마주 앉아
험한 세상의 가슴을 열어 보일 때
끝없는 뻘밭에서 만난 조신한 친구겠거니 한다

시에 빠져있을 때 누구는 아파트 평수를 늘렸고
또 누구는 호재의 땅을 샀지만
이것도 저것도 되지 못한 내게
예술인복지재단에서 복지혜택을 주겠다고 했을 때
문화인이나 예술인이나 시인도 되지 못한
나를 확인하는 시간이 되었을 뿐이다

그런데 요즈음 시인이 좋아졌다
신(新)생업전선으로 내몰린 경로에 진입하면서 비로소
전업 시인이 되었다

오래 골목이
마구잡이 도시재생사업에서 밀려나지 않는다면
나는, 꽤 장수를 누릴지 모를 일이다

길고양이

— 오래 골목 · 8

잠은 어디서 자는 거니?
밥은 먹었니?

어디로 가는 거니?

담벼락에 웅크려 질문을 던지게 하지만,
매번

야옹!
야옹!

야아옹!

2, 3음절 울음 한 번 던지면 그뿐이다

골목 어귀에서부터 숨죽이고 따라붙다가
돌아보면 어느새 사라지고 없는

어제처럼 내일은

골목 하나가 또 사라질 것이다

늘 푸른 그림자

—오래 골목 · 9

골목엔 그림자가 세 들어 산다
동네 사람들이 하나둘 일하러 떠나면
대신 빈 자리를 지키는 것이다

누가 주인이고
누가 세입자인지
알 바 없지만 오랜 동맹으로 선을 넘지 않는다

해가 머리 위에 솟아오를 때
그림자는 겸손해지기 위해 발밑에 납작 엎드렸다가
긴 기지개를 켠 뒤
아슬렁 어슬렁 적막의 골목을 먹어치운다

이윽고 저녁이 오고
하늘 총총 별이 돋기 시작하면
오글오글 불빛 번진 창가에 둘러앉는다
그 옆에서 있는 듯 없는 듯
한평생 그러고 산다

밤이 아무리 깊어도 돌이 날아와도 파문이 일지 않는다

계단

— 오래 골목 · 10

늘
머리 위에서 꿈을 꾼다
아득한 공중이 되고 싶어서
꺾이기보다 갈래를 택한다

쪽달 뜬 어둔 밤이면 가슴팍 한쪽
달리고 싶은 속도가 꿈틀하거나
꺾이고 꺾여 모서리가 닳거나 할 때
당신의 계단은 어디쯤에서 꿈을 꾸는가

한쪽 어깨를 내려
술 취한 걸음을 받아안는 계단이여

한 발을 버릴 때
또 다른 꿈을 끌어올리는 계단이여

갈래진 골목에서
계단을 놓아야만 하는 아득한 당신이여

너머와 아래

—오래 골목 · 11

저 너머에 아래가 있다
아래의 너머가 있다
너머의 너머가
아래의 골목을 이어받고
위의 골목을 떠받치고 있다
늙을 새 없는 엄마처럼
그렇게
꼭 끌어안고 있다

오늘이 저벅저벅 사라지고 세상의 등허리 위로
복사꽃이 하르, 하르 떨어져 내리는 봄밤
셀 수 없는 천둥 번개가 저녁 불빛이 수 없는 날을
켰다 껐다 할 동안

너머와 아래가 손바닥을 펴서
서로 떠받쳐주지 않았다면 골목은
노숙의 잠처럼 한낮에도 뒤척였을 것이다

발자국들

— 오래 골목 · 12

하나, 둘, 셋…
발자국 들이
서둘러 골목을 빠져나온다

저벅저벅
생의 가장자리에 머물렀다가
타다다닥
세상의 중심에 모여들었다가
통통통
공중을 한순간 들어 올렸다가
또각또각
날 선 둘레를 고루 깎는 눈부신 음표들

박새보다 더 멀리 날아올랐다

폭설

— 오래 골목 · 13

폭설의 미덕은 참으로 고요하다
큰길에 나갈 일을 줄여 주었을 뿐만 아니라
집안에서 할 일을 기억하게 한다
마당이 있다는 것을 일깨우고 문득,
벽에 기댄 대빗자루나 박스 나부랭이의 존재
아주 오래된 약속까지 생각나게 한다

주먹만 한 눈을 서로에게 던져도
네 편 내 편을 가볍게 뭉개버리거나
세상의 직선과 곡선을 구분 짓지 않고 가볍게
덥석 껴안아 버리는 것이다

골목이
모처럼 오수에 들 수 있었던 것은 순전히 덤이었다

어머니

— 오래 골목 · 14

처음부터 골목이었다
문득 돌아보니 골목이 되어 있었다

사실,
골목이 되어가고 있다는 것을 알기는 했다
골목 안으로 빨려 들어갈 것만 같아 겁이 났을 뿐이다
깊이 들어가면 길을 잃을 것만 같아서
아예 들어가지 않기로 하였던 것이다
덧대고 덧댄 길이 점점 낯설어져서
들어서기가 겁이 났던 것이다

오래 골목 입구에 서성인 날들
다른 한 발을 차마 들여놓지도 못했는데

어느 날 싹둑 골목이 베어져 있었다

제 3 부

감전의 징후

다시 둥글다

동그랗게 눈이 녹는다
지붕을 누르던 서릿발이 녹는다
그 서릿발 녹이던 언 손의 바람
아직은 차고 시린 봄날 한 때가 녹는다

비탈진 얼굴이
술래가 된 그늘이
단단한 심줄의 땅이 잰걸음 녹는다

오래 버려졌던 길 위
그 길에 찍힌 박새 발자국
그 꼬리에 날아든 햇살 한 줌
앉은뱅이 제비꽃 애호랑나비
아득히 잊었던 시간들이

둥글게 둥글게 잊었던 얼굴이 괴발디딤 녹는다

감전의 징후

철로 변 플라타너스가
전깃줄에 갇혀 있다
감전된 어떤 징후도 보이지 않는다

고압의 전기가 공중을 조심조심 걸었기 때문일까
그 조심스런 몸짓에 플라타너스가 몸을 잔뜩 움츠렸기 때문인가

오래전 나에게 갇힌 당신은
아무 걱정 없을 것인데
전깃줄이 가둬버린 뒷골목에서도
그 조심스러운 몸짓 하나로
감전 걱정 없을 것인데

오늘 문득
당신을 관통한 수많은 고압의 사랑을 나는 알겠다

자주 눈물 번지는 나를 껴안지 않으려고

새 발톱이 남긴 그 꿈에 닿지 않으려고
저토록 뜨거운 철로 변 햇살에 몸 내맡기는 것을,

달의 전설

달이 빌딩을 삼켰다가
빌딩이 달을 뱉었다가 한다

강을 건너고 내를 건넜던 기억
그 기억조차 빌딩에 가려 어두워졌다고 하는데

어두운 당신의 몸에서 달은 발이 닳도록 걸어 다니는데

달이 점령했던 숲과 마을과 새를 빌딩에게 넘겨주면서
욕망과 일탈과 의심이 밤을 그득 채워버렸다.

그래서 빌딩 모서리에 찢긴 달은
누군가 내뱉은 불평이거나 그늘이거나 허공이다
굶주린 독설의 그림자다

이 밤, 잠 못 드는 당신은 찢긴 달,

솜씨 좋은 이야기꾼 할머니가

새벽닭이 울 때까지 해진 달을 입으로 꿰매었다는

아주 오래전의 전설에 밤새도록 귀를 열어놓는

빌딩이 순순히 달을 내어놓을 때까지
달이 마지막 빌딩을 다 뱉을 때까지

실연을 꿈꾸다

가위가 부러졌다

사랑을 말하던 당신 입이 어긋난다

허리를 꽉 졸라매었던 것은 당신 체온을 탐해서인데

수많은 돌담과 열매와 뿌리를 가진 당신 살을 얻고 싶어서
인데

이젠 텅 빈 나의 너

꼼꼼히 숨겨두었으나 엎질러졌으니

등을 꿈꾸었으나 배가 되었으니

배를 꿈꾸었으나

등이 된 나의 시간들을 되돌릴 수 없다

한 다리로도 걸어갈 수만 있다면

사이와 사이를 가둔 너를 껴안을 수 있을 텐데

아무리 들여다봐도 건너갈 다리가 보이지 않는다

아직 한낮이었다

상처 또는 흔적

낡은 냉장고를 들어낸다 찰랑하니 물이 고였다

소외가 두려운 저녁,

꽃장판에 종종거린 발을 건져 올리고

말이 잠긴 입들이 종달새처럼 지지배배 지저귀게

뜰채로 힘껏 건져내지만

고인 물은 좀체 빠져나가지 못한다

상처란

아무리 들어내고 닦아내도

소리 없이 자박자박 태연히 젖어 드는 것

사소한 냄새로도 이별의 징후를 깨닫는 것

거친 침묵이 어둠에 스밀 때

망설이다 빛 속으로 흩어져버리는

당신의 몸속을 오래 떠도는 고요한 벌레 같은 것

젖은 날을 묵묵히 견딘 비닐 꽃장판이

고인 물을 꼭 껴안는

누군가 머물다 간 그 둘레에

가드를 치고 푸른 그늘을 앉힌다

슬픔 위에 집을 짓다

1.

풀은 자라서 버려진 것들을 덮는다
버려진 것들은 이참에 풀을 힘껏 받아들인다

맨 처음의 기억은 버린다 주둥이가 날아가 버린 삽자루가
힐끗 쳐다본다. 감은 눈 한쪽은
이미 깊숙이 파여 시선을 잃었다
옆구리가 잘린 노란 펜스가 엉거주춤 엎드린다
그 위를 덮은 코가 뭉텅 빠진 그물망은
바람이 불 때마다 도망갈 궁리를 한다

2.

소나기가 몇 번 지나간 후 웃자란 쑥이
쓸모를 다한 철제빔과 나무토막이며 밧줄 거친 옷가지들을
적당히 덮어주지 않았다면
그나마 집이 되지 못했을 것이다

테두리를 지워버린 원탁은 반반한 얼굴이었던 것 같은데
퇴기처럼 뾰족한 손톱만 남았다.
쭈글쭈글한 손등의 굵은 주름이
온몸을 칡넝쿨처럼 덮었다 선루프가 살짝 가려주었지만
격세지감이다

3.
굳이 이름 따윈 불릴 일 없는 풀들이
어디선가로부터 몰려와 이들 가슴뼈와 골반을 덮어주지 않았다면
슬픔조차 되지 못했을 것이다

어깨까지 모자를 눌러쓰고
윗도리를 움켜쥔 하루살이들이 줄지어 선 무료급식소
눈바람이 한차례 불어오지 않았다면 신문 하단에도 나오지 못했을 것이다
집을 짓지 못한 슬픔도 되지 못했을 것이다

봄의 문신

언 땅의 포장이 뜯겨 나간다
수많은 상처가 우수수 솟아오른다

어떤 것들은 입이 없고
어떤 것들은 발이 없다, 또 어떤 것들은
손이 없다 엎어진 채
뒤로 나자빠진 채 봉긋 숨겨둔 날개를 펼쳐 든다

입춘대길立春大吉이라지만

이미 온 봄이 어디로 가지는 않을 것이라는 오랜 믿음이
이 마을 어딘가에 문신으로 새겨져 있었던 거다

만삭의 여인처럼 뒤뚱이는 봄이
골목을 지나 학교 담장을 지나 보도블록을 지나더니
횡단보도 신호를 무시하고 냅다 달린다

입이 없고 발이 없고 손도 없이 날개만 펄럭이면서

산길 하나

산길 하나엔
내 어릴 때 손을 놓친 아버지가 산다

허공 빼곡 겹겹의 나무들이 서둘러
이마의 땀을 닦아주고
돌부리를 걷어준 것은
바람이나 손수건의 할 일을 빼앗은 건 아니다
여태껏 아버지가 다 못한 일을 대신 한 것이다

너무 빨리 우리 곁을 떠난 아버지는
새끼발가락을 깨문 돌부리를 떼어주고
가끔 목덜미에 벌레를 보내
입맞춤을 대신하기도 한다

미처 다 사용하지 못한 갈비뼈는
절벽이나 천둥 같은 바위 뒤에 숨었다가
조그만 오솔길을 깜짝 내어놓기도 한다

어릴 적 징검징검 건넌 집으로 가는 길이었다

통증

이런, 잇몸에 염증이 생겼어요
이가 내려앉기 시작했어요
당신이 심어놓은 사랑이 삭아가기 시작했어요
조릿대를 잘 말려 채 썰어서 푹 끓여요
그 물이 염증에는 특효약이라네요
시린 이를 경험해본 사람은 잘 알거예요
잇몸과 잇몸 사이 염증이 얼마나 고통스러운지를
당신이 빠져나간 잇몸과 잇몸 사이 얼마나 모질게 시린가를
잇몸 가득 사랑이 부풀어 올랐을 때
입안은 공갈빵처럼 부풀었어요
칼바람이 불 때는 몰래 칼을 훔쳤다가 댕강댕강 줄기를 거두어
잇몸 깊숙이 꽃대를 숨겨놓았지요, 하지만
그때 잇몸을 지탱하고 있던 당신의 눈빛을 보았어요
마음이 떠난 뼈는 잇몸을 떠받칠 수 없다는 것을요
사랑도 웬만큼 익으면 내려앉기 마련이지요
더는 견딜 수 없어 떠나야만 했던 사랑, 내려앉아 빠질 때까지
약이 없다고 하네요

이런, 잇몸이 조금씩 움직여요

당신이 조금씩 솟아올라요 드디어 당신이 빠지기 시작했어요

울음동굴

울음 같은 돌무더기가
길을 막고 더는 발길을 허락하지 않은 석회동굴
너무 오래 혼자였던 것을 증명하듯
이제 군데군데 탈수 현상을 보인다

선사시대의 침묵 위에 새들이 지저귀고
꽃들이 핀 자국과
폭설과 비바람이 지나간 흔적을 굳이 감추지 않는다
손과 발의 동선에 새긴 침묵의 결에
바람 한 점 점유를 허락하지 않는다

땅속 둥근 천정은 별이 빽빽한 우주
낮이 없는 세상, 평생 깜빡여야만 하는 밤하늘의 별들은
땅의 걸음을 못다 걸은 발이라고 해야 하나

뚝뚝 바닥을 울리는 천정의 낙루가
하나도 낯설지 않은 것은
돌무더기 속에 묻어 놓은 울음이거나

그 어떤 불가항력의 몸짓을 닮았기 때문

생의 마지막 손에 입맞춤을 허락한 임종의 어머니
지상의 울음을 선선히 받아들인다

자신의 몸에 제발 그 어떤 발자국도 남기지 말아 달라고
오래 혼자인 시간을 온전히 가지고 가고 싶다고

녹슨 고요가 있었다

오후의 바다는 조금씩 푸른 빛을 잃었다
근처에서 모여든 눈들이 깊이 들여다보곤 했지만
물 위에 떠 있는 자동차 폐타이어며 뒤틀린 밧줄이며
플라스틱 호스들 발끝부터 붉게 썩어들어가는 철제사다리가
바닷속을 점령해버렸으므로 더는 들여다볼 수 없다
깊이 더 깊이 눈을 내려놓는 순간 갈매기가 꺄악 굉음을 내며
작은 포구의 멱살을 잡아챘다

'수복' 이라는 배 이름은 '복수' 로 읽혔다
'기원' 이라는 이름은 '원기' 로 읽혔다

물이 쉴새 없이 찍어누르는 작은 기계에 더 작은 고기들의
등껍질과 배 껍질이 벗겨지고 손놀림이 빠른 배낚시 안주인의
허리춤 어디서 권태가 묻어났다
아직 싹이 돋지 않은 권태의 씨앗은 목 뒷덜미와 싸우고 있을 것이다
바다 어디선가 끌려온 작은 물고기들은
캄캄한 수족관에서 저들끼리 부딪치며 또 부딪치다가

기어이 뜰채에 걸려들고 말 것이다
배를 허옇게 까뒤집고 시멘트 바닥에 대가리를 기웃대며
죽어버리고 말 것이었다

왁자하고 너저분하고 구멍이 뻥 뚫려버린 작은 포구는
입구가 출구인 섬찟한 허공이었다

산구절초변명

꽃 등성이가 하도 촘촘해서 내가 들어갈 곳이 없다

햇빛이 들어갔다 빠져나온 자리는 금방 아물었다
받침대를 떠받쳤던 산그늘이 바람을 흔들어댔지만
아무도 눈치채지 못한다
흔들릴 때마다 빈칸이 생겼다
잠깐 내가 들어갔다 나온다

네 앞에선 늘 앞섶을 여며야 했다
비스듬히 쪼그려야 한다
코끝에 네 몸짓이 달랑거렸지만 이내 산그늘이 가로챘다
향기가 비명을 지르며 뒷걸음치지 않는다면
하염없이 아홉 마디 어디쯤 머물러 있을 것이다

찬바람이 불기 전 네 속에 들 수 있다면
바람과 햇살과 산그늘을 더 챙길 수 있다면
비 갠 오후가 조금은 쓸쓸하지 않을 것이다

한 자리에 든다는 것은
애써 가꾼 나를 버리는 것이다
햇살의 시간과 향기를 탐낸 산그늘까지 다 내어놓아야 한다
오래 쓸고 닦았던 아홉의 기억까지 덤으로 끼워 넣어야 한다

촘촘한 꽃술을 열고 들어갈 손잡이가 있다면
그 손잡이 비틀 한 움큼의 힘이 있다면
햇빛이 산그늘이
쾅 소리 나게 문을 닫게 하지 않을 것인데
놀란 네가
바람비에 쓸려 바닥에 흩어지게 하지 않을 텐데

혀의 기호학

혀는 제 몸 크기에 알맞은 길이를 가져야 한다고
경계의 수위를 조절해야 한다고
물은 단단히 마음먹지만

팽창한 혀가 제 몸을 먹어치우는 것이
두려운 것이 아니라
녹조에게 제 등뼈를 갉아 먹히는 줄 모르는 것이
두려운 것이라고

수치심을 겨우 가린 수초가 바리케이드를 치고
제 가슴뼈에서 흐물흐물 녹아내리는 늦여름 오후
주검의 물고기들이
순교자의 흔적을 선뜻 내놓는다

변명과 수사학에 능한 녹조가
말랑말랑한 제 아가미까지 먹어치울 때
너를 삼키는 건
어쨌거나 시간문제

웃자란 개망초꽃이 바람에 몹시 흔들리는 날
발을 숨긴 물고기들이 떼로 몰려와
경계를 넘은 혀를 물어뜯는다

수면 가득 네가 버린 말의 살점들이
날개를 파닥이며 솟구친다

모른 척하기

어제까지 알았는데 오늘 모른 척한다
모른 척해야 한다

모른 척 살아갈 날이 많아서 모른 척이 더 편한 것을
아는 척하다 보면 모른 척이 더 어려운 것을

그러니까 아는 얼굴을 모른 척할 때
내일도 아는 얼굴이 되고
모레도 아는 내가 된다

얼굴만 모른 척 해야는 것은 아니다
마음 뒤편 착한 얼룩까지
모른 척해야 한다

얼룩의 얼룩들이 겹쳐도 덮을 수 없는 것이 있다
모른다고 말할 수 없는 것이 있다

다만 당신 언저리를 서성거리던 늦가을의 소멸

빗물에 뭉개진 축축하고 웅크린 기억들
익숙한 낯선 뒷모습들
꽁꽁 언 바닥을 흔들어 깨우던 플라타너스 잎들의 서늘한 눈빛…을

오늘, 하마터면 아는 척할 뻔했다

제 4 부
숨

숨

땅의 가슴팍을 파헤친다
고랑을 만들고 돌멩이를 골라내어
경계를 만든다

뽑고 움켜쥐고 긁어내면서
뽑히지 않는 것이 있다는 걸
경계를 만들면서도 몰랐다

함부로 내어줄 수 없는 것이
땅의 숨결인 것을
바닥에 이르러서야 알았다

거둬가기보다 내려놓는 것이
더 많아야 숨을 쉴 수 있다고
숨결이 잦아들 때 알았다

뿌리에 대하여

햇빛 잘 드는 차양 아래 수국이 핀다
지나는 바람이 새들을 몰고 와
구름을 부려놓으면
탐스러운 꽃송이가 잎사귀를 내놓고 뿌리를 세운다
결을 따라 대패질하는 손이
바깥을 안으로 바꿀 때
더 깊은 바깥으로 숨는 아버지의 거친 호흡은
구름이 되었다가
바람이 된다

새들이 빗장을 열고
아버지의 가슴에 오후 내내 수국꽃을 부려놓는데
들숨으로만 가득 찬 폐는 터질 듯 팽팽하고
아무것도 내어놓을 것 없는 아버지는
뿌리 대신 발톱을 세운다
햇빛 잘 드는 차양 아래서
턱을 괸 나는,
아버지가 뿌리를 갖지 못했다는 사실을

오래 알지 못했다

발톱이 어떻게 생겼는지 더욱 알지 못한다

바람이 새들을 몰고 오자
수국꽃 깊은 바깥에서 하얀 발톱이 우수수 떨어진다

나는 날마다 진화한다

새가 재잘재잘 아침을 물어온다

그 위를
버스가 지나간다 오토바이가 굴러오고 승용차가 사라진다

어제 달리던 그 길에서 깜빡깜빡 신호등이 파문을 놓는다
허리띠를 졸라맨 사람들은 어제의 상가를 기웃거리고
숄더백을 멘 중년 여인은
어제의 구두 뒤축을 보도블록 틈새에 밀어넣는다
삐거덕거리는 관절은 연이어 휘파람새를 날려보낸다

등 뒤는 늘 아슬아슬하고
빙벽은 햇빛 사다리를 타고 태양에게 제 뼈를 제물로 바쳐야 하는 것이다

빌딩의 회전문을 통과하려면
신발 뒤축에 묻은 먼지를 탈탈 털어내야 내일로 진입할 수 있다고

친절한 미소를 문 경비가 앞을 막아서야 하는 것이다

식탁에 차려진 붉은 저녁은 각기 다른 각도로 기울고
식도를 타고 어제의 방에 도착한 후 안심을 하는 것이다

일정표의 계획은 더더욱 내일의 것이 아니다
어제의 시간을 예약해 두었을 뿐이다

어제의 소인을 눌러 찍은 내일이 빌딩의 회전문을 빠르게 돌린다
마치 정지한 것처럼 보인다

뒤를 돌아보는 당신, 어제의 것이다

시를 파는 소년*

남미 콜롬비아의 소년 케빈은 시를 판다
공치는 날이 많지만 뒷골목을 누비는 발길은 하늘거린다

"시 한편에 150페소입니다. 짧은 글은 100페소, 소설 발췌 부분은 50페소에 읽어드려요."
검정비닐봉지 속의 책은 마을을 다 덮고도 남을 분량이지만
아직 미개봉이다

해가 중천에 잠겼을 때
발뒤꿈치를 핥던 개 한 마리가 소년을 막아선다
차라리 내게 시를 팔아, 내게 시를 팔라구

겹겹의 산복도로를 하루에 몇 번이고 뛰어다니면서
시간을 끌고 지구의 반대편으로 넘어가는 저 불타오르는 노을,
이 마을의 노을을 시로 번역하면 150페소보다는 더 받을 텐데

내게 시를 팔아, 내게 시를 팔라구
그러면 더 이상 시가 검정비닐봉지 속에서 출렁거리지 않을

거야

시 대신 계산서를 읽어주는 일은 없을 테니

개 한 마리, 소년 케빈의 그림자를 펼쳐들고 노을을 옮겨 적는다

"노을 한편에 150페소입니다. 짧은 글은 100페소, 발췌 부분은 50페소…"

"컹 컹…"

시 읽는 산복도로 마을이 주춤주춤 젖는다

* 독립영화-시를 파는 소년

우물이 있던 자리

땅이 입을 꽉 다문 건 오래전 일이다

말을 하기로 작정하고 가슴을 채웠던 단서를 하나씩 묵독한 뒤
갈빗대 힘살까지 제의로 삼는다

냄새는 아무것도 안 하는 자의 몫
침묵을 공중에 내던진 후
어둠의 수만 개의 꽃봉오리를 키워 손과 발을 만든다

두레박을 끌어 올릴 때마다
꽃잎과 나뭇잎과 구름이 지저귀면서 쏟아졌던 건 그 때문이다

간혹, 우주의 격한 울음을 빠져나간 구름과 빗방울이
고열의 밤을 스캔했지만

새벽녘 잠을 설친 꽃과 벌레들이
땅의 은유를 신화에 채워 넣는 일도 마다하지 않는다

도둑고양이들이 담을 넘어와 꿈을 흥정하고
꽃과 벌레를 집어삼키기 전의 일이다

망각

파꽃이 하얗게 흩날린다
하얗게 하늘을 뒤덮는다

뒤덮는 것은 파꽃이 아닐지 모른다
파꽃은 하얀 것이 아닐지 모른다

어제 알았던 것을 오늘 모른다고 하고
오늘 알았던 것을 내일 모른다고 하고

어제오늘 내일도 그 무엇도
모른다고 하는 8월의 파꽃이여!

제 머리를 송두리째 훑어내리는 것은
살아왔던 기억을 모두 비워내는 것이다

그러므로 아는 것도 모른다고 하고
모르는 것도 모른다고 하는 것이다

남아 있는 것이 있다면

그마저도 내려놓는 것이다

기대어 피다

봄꽃들 겨우내 숨겨두었던 분 냄새를 내어놓는다

바람이 현기증을 내고 뒤로 물러서면
발끝 가려운 담벼락도 모른 척한다

종이 상자 안 고양이가 게으른 잠을 벗어놓고
제 그늘 속을 빠져나온다

오후의 봄 계단을 내려가던 해가
맨 앞줄의 꽃마리를 뒤쪽으로 밀어놓고
쇠별꽃을 앞으로 당겨놓는다
웃자란 민들레는 제비꽃 뒤에 세운다
씀바귀가 서운한 감정을 드러내면
바람이 모른 척 등을 민다
개망초는 어디든 상관 않는 눈치다

오후 내내 방을 옮기느라 분주한 봄꽃들이여
봄은 매번 서로 등 기대어 피는 것인데

고양이가 걸어간 자리에도 분 냄새가 가득한 것은

새벽 봄꽃들이 세수한 물을 마셨기 때문이다

불온한 가을

날벌레가 휙 하고 눈앞을 훔친다
길 저쪽이 사라진다
뒤따르던 공중이 사라진다

날개 아래 붉은 물방울무늬가 촘촘히 박힌
날벌레, 낡은 뒷덜미가 우수수 붉었던가

네발짐승이 어슬렁 지나갈 것이다
밤이 오기 전
문고리가 달린 고요도 네 발로 엉금엉금 사라진다

이슬에 긁힌 발자국들
골목 여기저기 꽃무더기가 하얗게 피어오른다

몽롱하고 습한, 날벌레가 낚아챈 환절기 어디쯤
붉은 물방울무늬에 조각나버린 공중의 여담이문이
네발짐승이 할퀸 길 저쪽의 이슬과 꽃무더기…의
모든 결속에

노을은 방위권을 처방한다

백 년 만의 무더위 이후
발걸음이 한결 느려진 경계를 뚫고

누군가, 대자보를 붙인 후 어둠 속으로 급히 사라진다

근성

산사나무에 눈이 내리네
잎맥 깊은 곳까지 기웃거리며 쌓이네

어떤 것은 하염없이 서 있네
어떤 것은 등뼈가 휘도록 달리네

동물과 식물의 유전인자를 가졌다는 검증되지 않은
대강의 주장에 이의를 제기하지 않네

어두워지는 창밖에서 오래 누군가를 기다리며
뒷모습으로만 하염없이 추락하네

출발 신호를 켜든 기차의 지붕 위에서 눈은 누워서 내리네

누군가가 달려가고
누군가가 달려오는
고전적 엇박자 걸음에 여전히 미끄러지네
철로에 늘어선 나뭇가지에 애걸하네

떠나지 않았으면 볼 수 없었던 그때의 당신 발을 보네

눈은
공중에서 공중으로 내리네
바닥에서 바닥으로 내리네
식물적 근성으로
동물적 근성으로

당신의 잎맥 깊은 눈으로 천천히 옮겨가는 중이네

습성

푸르른 것들은 모두 한곳으로 뭉치려는 습성을 가졌다
막다른 골목에 이르러 지워지기보다
땅에 뿌리를 두고 바깥으로 귀를 둔다

저것은
소름 돋는 유리창의 물방울들이다
바퀴에 엉겨 붙은, 짓이긴 진흙의 울음소리에 갇혀도

햇빛이 감추려 한 수초들의 희미한 기억 속에서
목록에서 누락 된 고시촌의 어두운 발가락을 찾아낸다

굴욕의 한때가 가둬버린 몇 컷의 얼굴을 지나
내가 어딘가로 가기 전부터 어딘가에서 오는 시간

그 비스듬한 시간의 뼈들이 촘촘히 간격을 좁혀올 때
허공은 흉근을 일으켜 어린 숲을 키운다

돌아갈 채비가 덜 끝난 저녁의 잎맥을 새 한 마리가 쪼고 있다

푸르른 것들은
애써 어둠을 뒤틀어 공복의 풍경을 주워 담지 않는다
바리케이드를 무너뜨리지 않는다
인질 따위는 더욱 삼지 않는다

온종일 서성거렸으나 의자 하나 구하지 못한 날
발바닥에서 사막이 흘러나온 날에도
사용설명서나 주의사항 따위를 들먹이지 않는 것이다

한참 어두워져서도
저들끼리 팽팽했다가 느슨했다가 중얼중얼 모여드는 것이다

맨발

신을 버리고서야 맨발이 드러난다

길을 버리고서야 맨발은 비로소 참았던 숨을 내뱉는다

풍경이라는 이름의 상처에 너무 오래 갇혀 있었으므로

길을 벗어날 수 없었던 것이다

그러니 길의 시간이여
부디 어깨에 짊어진 맨발을 내려놓기를

훅, 하고 맨발들이 뜨거운 모래밭을 달린다

천둥소리를 내며 달려온 파도가

겅중거리는 맨발들을 한입에 꿀꺽 삼킨다

고전의 형식

창가에 돌멩이를 던진다
유리에 금이 가지 않을 정도로
그녀 가슴에 꽃멍울 질 정도로

내 가슴의 파동이
적막을 안고 달아나지 않을 정도로
들키고 싶지 않다는 마음 뒷면에
들키고 싶다는 구차한 변명을 첨언한다
나 모르게
너에게 가고 싶은 밤의 발자국도 이어붙인다

후드득 쏟아지는 소나기에 끼어
온몸에 달라붙은 폴리에스텔 같은 사랑일지라도
혹한의 겨울 속을 달리는 별빛 같은 것일지라도

그녀 안에서 온통 기웃거리고 싶다
나의 붉은 심장을 오래 낯설게 들키고 싶다

충주미륵사지

충주 미륵사지에서 본다
아직도 부처가 거북이에게 밥을 먹이고 있는 것을
허리를 구부려 숟가락도 없이
맨손으로 거듭 떠먹이고 있다

부처의 발치께에 모여든 중생들이
머리를 조아리며
제 손안에 든 살이 차고 넘치는데도
자리를 비키지 않을 때면
슬그머니 뒤를 돌아 거북이한테 가는 것이다
아무리 먹어도 허기진 것은
거북이도 마찬가지일 터
그 큰 몸을 채우기는 부처의 손바닥으로는 턱없을 터

전생의 업을 기우느라 닳고 삭아가는 거북이의 네 발이
중생들이 흘리고 간 살을 움켜쥘 수 없는데
이를 가엾이 여긴 부처는
가끔 제 얼굴의 살점까지 거북이한테 떼어주는 것이다

충주 미륵사지 부처의 얼굴이
날마다 조금씩 작아지는 것은 그 때문이다.

| 작품해설 |

오래, 오래 골목이 살아야 하는 이유 또는 변명

박 해 림

오래, 오래 골목이 살아야 하는 이유 또는 변명

박 해 림

세상의 수많은 골목. 어느 나라, 어느 세상이든 존재하는 골목들. 세상으로 난 길은 골목에서 비롯되었다고 해도 과언이 아니다. 오랜 시간, 골목은 골목을 낳고 골목으로 이어졌으며 새로운 세상을 만들어내었다. 그러니까 골목은 더 넓은 세상으로 나가는 길목이었으며 삶의 지름길이었다. 그동안 우리가 땀을 흘리며 걸었던 수많은 세상 길은 처음부터 골목이라고 해야 할지 모르겠다.

뒤돌아보면 아득한 날들. 그 길 끝엔 날마다 조금씩 자라는 골목이 있다. 골목에서 살았거나 걸어본 사람은 안다. 수많은 시간이 통과한 벽과 길, 아주 천천히 느리게, 더디게 자라서 아무리 세상이 변해도 쉽게 사라지지 않는 따뜻한 이야기들. 한숨, 눈물, 웃음, 노래, 환희, 숨결, 그리고 희망 등이 골목 곳곳에서 발아하고 있는 것을.

간혹 외따로 있던 집은 더러 외로웠을 것이다. 외로운 집들끼리 하나둘 서로를 기대고 기대면서 골목을 키워야겠다고 마음먹었을 것이다. 시간이 지나면서, 세상이 점점 커지면서, 집과 집은 서로를 꼭 껴안고 또 껴안을 수밖에 없었을 것이다. 세파에 부대낄 때마다 견디는 법을 나누며 기대어 살았을 것이다. 태풍이 지나간 뒤 골목의 벽과 지붕이 더 단단한 이유는 그 때문이다.

세상의 햇빛이 옅을 때 내 이웃이 잇속을 선택하는 대신 웃음을, 슬픔을, 농담을, 한숨을 받아주는 것은 정말 아름답고 눈부신 일이다. 큰 따뜻함이다. 신나는 일이다. 내가 지금 기댄 벽이 쉽게 무너지지 않는 것도 골목이 키워낸 각과 각이 서로 떠받치고 있어서이다.

1.

다섯 번째 시집을 펴내면서 시간이 아무리 지나가도 결코 잊어서는 안 될 것이 무언인가 생각하게 되었다. 몇몇 소홀히 여겼던 것 중 골목을 마음에 두었다. 힘들 때마다 기대었던 벽이었다. 낯설어지기 전에 이제 세상 밖으로 내보내기로 했다. 너무 천천히, 너무 빨리 바뀌어버린 세상. 그 세상도 여전히 골목을 품고 있지만, 예전의 그 모습은 아니다. 낯선 세상이 입을 크게 벌리면 벌릴수록 골목은 빠른 속도로 빨려들어 덥석 먹이가 되어준다. 넓은 세상이 더는 골목을 품지 않는다는 것을 이제 안다. 크고 반듯한, 각이 졌거나 높거나 단단한 부피를 가진 것들을 앞세워서 앞으로만 내닫는다. 이 시대의 새로운 가치로써 우러러봐야 하는, 그것이야말로 비약적인 발전이라는 슬로건에 압도당하면서 더 작아지고 점점 쪼그라드는 요즈음의 골목들. 그 골목이 있는 작고 소박한 삶도 머지않아 시야에서 사라질지 모르겠다.

오래 묵은 사람에게선 묵은지 냄새가 난다

오래 만난 사람에게서도 묵은지 냄새가 난다

모처럼 만난 사람들 커피를 사이에 두고
묵은지 냄새를 탁구공처럼 탁탁 받아넘기고 있다

오래 묵어 큼큼해진 시장 사람들, 쪼그라진 손등을 펴서
오랜만에 찾아든 혹한의 따순 햇빛을 서로의 등에 빨아 널고
있다

노점을 찾은 낯선 발걸음이 주춤, 멈추었다 멀어진다

묵은지 냄새가 얼른 그 뒤를 쫓아간다

—「묵은지 생각」 전문

사람은 사람을 만나면서 개별적이고 독자적인 관계가 형성된다. 나와 너, 마주 보며 세계를 공유한다. 그 만남이 얼마나 지속적인가에 따라 세계는 확장되기도 하고 쭈글쭈글 쪼그라들기도 한다. 오랜 만남은 오랜 시간 함께 했다는 것이고 함께 공유한 세계가 많다는 것이다. 이 시는 그런 만남을 가진 사람들의 관계를 냄새로 정의한다. 특히 '묵은지' 라는, '묵은김치' 의 전라도 방언을 통해 살갑게 표현하고 싶었다. 그러나 묵은지는 기호식품이라 다소 편견이 있을 수 있다. 하지만 보편적 시각을 중점에 두었다. 커피를 사이에 두고 마주 앉든, 물건을 사이에 두고 반평생을 함께 한 시장 사람이든, 단골손님이든 예외 없는 묵은지 효과는 일어난다. 냄새의 표징은 이미지다. 움직임이다. 말이 무슨 필요가 있으랴. '묵은지' 냄새는 재빨리 그것을

알아채고 '혹한' 이든 '혹서' 든 가리지 않고 대상을 포획한다.

철로 변 플라타너스가
전깃줄에 갇혀 있다
감전된 어떤 징후도 보이지 않는다

고압의 전기가 공중을 조심조심 걸었기 때문일까
그 조심스런 몸짓에 플라타너스가 몸을 잔뜩 움츠렸기 때문인가

오래전 나에게 갇힌 당신은
아무 걱정 없을 것인데
전깃줄이 가둬버린 뒷골목에서도
그 조심스러운 몸짓 하나로
감전 걱정 없을 것인데

오늘 문득
당신을 관통한 수많은 고압의 사랑을 나는 알겠다

자주 눈물 번지는 나를 껴안지 않으려고
새 발톱이 남긴 그 꿈에 닿지 않으려고
저토록 뜨거운 철로 변 햇살에 몸 내맡기는 것을,

— 「감전의 징후」 전문

일반적인 도로는 보도와 차도로 나누고 가로수라는 이름의 나무를 기준으로 이분화한다. 요즘은 지자체마다 특화된 시화(市花), 또는 시목(市木)이 거의 정해져 있지만 오래된 도로엔 거의 은행나무이거나 플라타너스이기 십상이다. 획일적인 도시구획의, 시대의 유행에 따라 특히 많이 심어진 나무가 플라타너스이다. 정말 멋지게 잘 성장해 시간이 잘 여문 플라타너스를 본 적이 있는데 거의 보호 수준에 이를 정도의 나무들이 참으로 듬직하고 멋졌다. 하지만 그렇지 않은 플라타너스가 대부분이다. 시야를 가린다는 이유로 가차 없이 윗부분이 댕강 잘려나가거나 날개 또는 팔이 싹둑 잘려 미적 외양을 상실한 나무가 태반이다. 그중 더 안쓰러운 것은 복잡한 전선과 나뭇가지가 서로 얽혀 어느 것이 나뭇가지이고 전깃줄인지 가늠키 어려운 나무들이다.

어느 날 보았다. 끝없는 세계를 지향하고 뻗은 철로 변의 플라타너스가 전깃줄에 얽혀 한 몸이 된 것을. 어느 해보다 유난히 뜨거웠던 8월 한여름이었다. 지열에, 햇볕에 철로는 용광로가 되어 뜨겁게 달아올라 있었다. 그것은 감전이었다. 전깃줄에 얽혀 있다는 것만으로도 감전의 사유로 보였다. 안전장치…어쩌구는 아무런 사유가 되지 않았다. '오래전 나에게 갇힌 당신'도 그랬다. 감전하고 싶은 대상이었기에 가능한 것이었을 것이고 '전깃줄이 가둬버린 뒷골목'도 그러했을 것이다. 불현듯 감전에 이르는 사랑은 이러할 것이리라 짐작해보았다.

세상의 절반을 뒷면이라고 부를 때

개미와 고양이의 겨드랑이에 날개가 돋는 것
가시를 삼킨 꽃은 캄캄한 구름을 밀어 올리고
소망을 잃은 씨앗은 결빙하는 것

새들이 들락거리던 산수유나무
겨드랑이가 가려울 때 힘껏 날개를 뻗쳐도
손이 닿지 않는 곳이 있는 것이다

날마다 웃자라는 상가에서 지루한 시간의 잔뼈를 골라내고

사거리 횡단보도를 통과하는 산뻐꾸기 먹울음 소리에
발끝이 걸려 넘어지지 않도록 해야 하는 것이다

새벽에 떠났던 사람들이 서둘러 돌아올 즈음
사람들이 뛰거나 서 있던 자리에 벌써 풀이 돋고
뒷면이 자란다

울음을 덜 그친 아이의 눈물은 발효가 진행 중이다

시멘트가 떨어져 나간 언덕바지 골목길
게으른 지팡이를 보초로 세우고
싸구려 소파에 기댄 노인

생의 바닥을 훑던 가난한 나뭇가지를 꺼내
머리 위에서 재잘거리는 새들의 겨드랑이를 천천히 긁는다

햇빛 문고리가 남은 그늘을 달랑달랑 흔든다

—「절반의 그늘」 전문

세상을 절반으로 나누어본 적이 있다. 특별한 기준은 두지 않았다. 그냥 떠오르는 대로 긍정과 부정, 밝음과 어둠, 큰 것과 작은 것, 가진 자와 가지지 못한 자, 여자, 남자, 하늘과 땅, 생(生)과 사(死)…의식이다. 나열할수록 점점 크고 무거워졌다. 세상의 그 어떤 것을 둘로 나눌 수 있단 말인가. 조직화한 사고가 조직화한 사유를 유추한다는 결론을 가져온다. 그렇더라도 한 번쯤은 나누는 것도 나쁘지 않겠다 싶었다. 자연스레 앞면과 뒷면의, 밝은 부분과 어두운 부분에 눈길이 갔다. 「절반의 그늘」은 사유의 가장 자연스러운 결과물이 되었다. '개미와 고양이의 겨드랑이에 날개가 돋는' 일이 있으면 얼마나 좋을까. '가시를 삼킨 꽃은 캄캄한 구름을 밀어 올리고/ 소망을 잃은 씨앗은 결빙' 하게 내버려 둔다면 얼마나 무겁고 낯선 일일까. 기울어지고 넘어지는 세상의 뒷면을 모른 척할 수 없다면 어떻게 해야 하나. 이런저런 어긋남에도 세상은 밝다. 현자처럼 억척의 세상을 살아낸 '노인' 이 절반의 햇빛을 간직하고 있음을

보았다. 노인은 서두르지 않는다. 늘 그래왔던 것처럼 아주 익숙한 몸짓으로 '생의 바닥을 훑던 가난한 나뭇가지를 꺼내/ 머리 위에서 재잘거리는 새들의 겨드랑이를 천천히 긁'으며 그늘을 뒤집어 놓는다. 뒤집을 수 있는 시간과 기회는 얼마든지 있다. 그 가능성의 첫 번째 조건은 '가난한 나뭇가지'일 테다. 챙기고 우기고 숨기고 빼돌리고 쌓아놓고 윽박지르는 세상을 가볍게 지저귀는 새의 존재를 통해 '저 하늘을 나는 새들을 보라. 먹을 것을 걱정하지 않는다.'는 프란치스코 성인의 말씀을 듣는다. 자연의 법칙과 생의 순환법칙에 순응하는 가장 정직한 새를 생각한다.

달이 빌딩을 삼켰다가
빌딩이 달을 뱉었다가 한다

강을 건너고 내를 건넜던 기억
그 기억조차 빌딩에 가려 어두워졌다고 하는데

어두운 당신의 몸에서 달은 발이 닳도록 걸어 다니는데

달이 점령했던 숲과 마을과 새를 빌딩에게 넘겨주면서
욕망과 일탈과 의심이 밤을 그득 채워버렸다.

그래서 빌딩 모서리에 찢긴 달은
누군가 내뱉은 불평이거나 그늘이거나 허공이다
굶주린 독설의 그림자다

이 밤, 잠 못 드는 당신은 찢긴 달,

솜씨 좋은 이야기꾼 할머니가
새벽닭이 울 때까지 해진 달을 입으로 꿰매었다는

아주 오래전의 전설에 밤새도록 귀를 열어놓는

빌딩이 순순히 달을 내어놓을 때까지
달이 마지막 빌딩을 다 뱉을 때까지

—「달의 전설」 전문

도심의 내부순환로를 따라 달리면서 빌딩은 점점 커졌고 달은 자꾸 도망 다녔다. 계집아이 숨바꼭질하는 것처럼. 어떨 땐 두 돌이 채 안 지난 아기의 어정거리는 뒷모습처럼 위태했다. 바람에 휘날리는 밤의 나뭇잎에 얼굴을 묻은 달도 있었다. 그 뒤엔 어김없이 초고층빌딩이 있었고 초고층 아파트가 절벽처럼 휘장을 치고 있었다. 그리고 휘황한 불빛이 달빛 흉내를 내고 있었다. 도시에서 달을 찾다니! 이 얼마나 난감한 일인가. 어디까지 높아질 것인가를 내기하는 빌딩의 경쟁에서 달은 한없이 위축되고 찌그러지고 잘려나갔다. '달이 빌딩을 삼켰다가/ 빌딩이 달을 뱉었다가 한다' 를 되풀이하는 동안 내 안을 들여다본다. '어두운 당신의 몸에서 달은 발이 닳도록 걸어다' 녔다. 숲은 이제 오직 빌딩의 미관과 위세를 과시하고 그럴싸한 폼을 위해 필요한 존재가 된다. 허공을 찌르는 고층 건물들 사이에서 귀를 쫑긋한 미어캣처럼 토막 난 허공을 응시한다. 그러니 완전한 허공을 찾으려 '달' 은 우리의 몸속에서 발이 닳도록 걸어 다닐 수밖에 없다. 출구 없는 세상처럼. 온전한 형태의 달을 제대로 볼 수 없는 도심의 밤은 '빌딩 모서리에 찢긴 달' 이 되거나, '누군가 내뱉은 불평이거나 그늘이거나 허공' 으로 존재한다. 그리고 '굶주린 독설의 그림자' 가 된다. 그리하여 '이 밤, 잠 못 드는 당신은 찢긴 달' 이 되어야만 하는 것이다. 정말 흔들면, 앙탈 부리면 '빌딩이 순순히 달' 을 내어놓을까? '달이 마지막 빌딩을 다 뱉을' 그런 세상이 있기는 할까?

2.

누구는 사람의 삶은 직선의 성격이 강하다고 하고 또 누구는 곡선이 성격이 강하다고 한다. 성악설이 맞느냐 성선설이

맞느냐 만큼 헤아리기 어렵다. 그러나 확실한 것은 이 두 가지가 인간의 삶의 축을 떠받들고 형성한다는 것이다. 고로 사람의 성장은 너무도 개별적이고 천차만별이다. 주어진 환경과 더불어 부모의 유전인자, 금전의 유무에 따라 현격한 차이를 갖게 된다. 그러니 한 인간의 삶에서 직선과 곡선의 비율을 설명하기 어려울뿐더러 딱히 몇 가지로 정의하기도 어렵다. 단, 개별적이긴 하지만 인간에게 가장 큰 영향을 미치는 환경적 배경을 포함한 성장 배경에 초점을 맞춰 이해한다면 조금은 접근이 쉬울지 모르겠다. 하지만 늘 변수가 있기 마련이다. 세상이 너무나 급변해서 '딱히 뭐라고 말해야 할지 모르겠다' 라고 할 때 골목이 떠오른다.

날마다 사라지는 골목들. 골목에 대한 기억 하나쯤은 누구에게나 있을 것 같은 그 골목. 살다가 이사했을 수도 있고 친구의 집, 하다못해 친척이라도 살았을 법한 골목. 주로 대로변의 뒤쪽에 위치해서 가려져 있지만 아는 사람은 다 안다. 내가 사는 근처 어디서나 존재한다는 것을. 그런데 그 골목이 시대의 미관을 위해, 주거공간의 재건이라는 명분으로 도시 재생사업에 마구 무너지고 있다. 소위 소방도로 확보라는 안전성을 내세우거나, 집값 올리기를 위한 야합. 고층빌딩과 대규모 아파트 건립을 위한 부지확보 차원에서이다. 아직은 얼마든지 살만한 아름다운 동네라는 것을 안중에도 두지 않고 오직 새로운 건설을 부르짖으며 파괴한다. 네모반듯한 직각을 위해, 구불구불한 길들이 범죄에 취약하고 위험하며 불편해서, 공공의, 신도시 환경파괴의 주범으로 몰리면서 앞뒤가 싹둑 잘린다. 몸체가 통째로 불도저에 밀린다. 골목길은 한순간에 사라진다. 어디가 방이었고 어디가 부엌이었으며 길이었는지, 계단이었는지 뭉개지고 박살 나 시간의 저쪽, 폐허로 남겨진다.

부수다 만 벽 한쪽이
서툰 바리깡질에 파헤쳐진 머리만 같아서
사막 위 뜬금없는 난전이 펼쳐진 것만 같아서 눈 둘 데 없다
기댈 데 없는 햇볕이 뜨다만 털실처럼 뭉쳐져 있는 것이
하루 일당을 놓쳐버린 일용직 노동자만 같아 보이는 것이다

오후 늦도록 오래 골목이었던 그 땅에 햇볕 반쪽이 쭈그려 있다

—「햇볕 반쪽 —오래 골목 · 1」 전문

오래되었다는 이유 하나로
골목이 부서졌다
잇대고 덧댄 구불구불한 길과
앞집과 옆집, 뒷집이 키워낸 찔레 덩굴이
윗집, 아랫집으로 통하는 쪽문 밖으로 사라지면서

'예술의 거리' 라는 필명을 얻은 거리가
거무튀튀하거나 푸르딩딩한
강화유리벽 고층 건물이
사람들을 순대처럼 엮어
골목 행세를 하는 것이었는데

유리가 햇빛에 반사될 때마다
끈을 풀어 내린 브래지어, 허물어진 검정스타킹
바지를 올리지 않은 근육질 엉덩이 따위의
붉고 뜨거운 실루엣이 흐드러지게 피는
미성년자관람불가가 연속상영되는 것이었는데
눈부셔 차마 고개를 돌리다가

아무리 애를 써도 외설은 외설이고
예술은 예술이라는 것쯤은
입이 기억하고 있다는 걸 기억해냈다

—「예술 말고 외설 —오래 골목 · 2」 전문

'부수다 만 벽 한쪽이/ 서툰 바리깡질에 파헤쳐진 머리만 같' 은, '사막 위 뜬금없는 난전이 펼쳐진 것만 같' 은, '뜨다면 털실처럼 뭉쳐져 있는 것' 만 같은, '하루 일당을 놓쳐버린 일용직 노동자만 같' 은 무너진 삶의 한쪽. 그곳은 오랜 시간 서서히 우리를 단단하게 성장시키고 정서의 꽃을 피우며 희망과 미래를 키워온 온실이었다. 짧은 시간에 쉽게 뚝딱 지어 올리는 크고 네모반듯한 고층 건물의 외관이 우리 둥지의 궁극적 희망은 아니지 않은가. 온기를 나누어주는 것은 아니지 않은가. 햇빛과 그늘이 잘 버무려진 우리의 삶의 세포에 축적된 시간은 다 어디로 갔는가. 그 시간이 키워낸 나눔과 열정은 다 어디로 갔는가. 오직 물질적인 것, 더 부유해지기 위한 목적만 화려한 재개발의 현장에 햇볕이 반쪽만, 그것도 오그라들어 쭈그려 있음을 예전의 골목이었던 곳에서 보았다. 오래되어서 불편한, 쓸모가 다 한, 흉물스럽고 시대에 뒤떨어진 낙오의 삶을 반영하고 있다는 골목은 사실 좀 불편하기는 하다. 주차도 어렵고, 가끔 프라이버시도 침해당한다. 너무 고요하거나, 조용하면 무섭기조차 하다. 여러 장점이 있음에도 약점 또한 많은 것도 사실이다. 그러므로 다양한 변모 또한 필요할 것이다.

신세계처럼 근간의 재개발 빌딩업자들은 마치 약속이나 한 것처럼 외관 유리벽의 유행을 선도했다. 비행하던 새들이 부딪쳐서 급사하고, 자동차를 운전할 때 빛을 반사해 아찔할 때가 많다. 한편 훤히 속이 내비친 빌딩 속의 사람들과 거리의 사람들이 거의 구분되지 않는 AI(인공지능) 시대에 어울리는, 전혀 낯선 풍경은 눈부셨다. 그것은 매우 획기적인 발명품처럼 사람들의 시선을 안착시켰다. 어쨌거나 문제는 우리의 '햇빛' 이었다. 사철 강렬히 내리쬐는 태양을 적절하게 가려주는 역할을 포

기한 새롭고 멋진 고층 건물. 휘황한 거리를 걸을 때 속이 훤히 내비치거나 반투명의 빌딩 내부가 어정쩡 불편한 것이다. 유달리 멋지고 유난히 투명한 어떤 건물은 지날 때 '끈을 풀어 내린 브래지어, 허물어진 검정스타킹…붉고 뜨거운 실루엣이 흐드러지게 피는…미성년자관람불가가 연속상영' 되는 것처럼 아주 적나라했다. 화끈한 그 무엇이 앞을 가로막는 것이었다. 그것은 외설이었다. 건물 외벽에 조각품을 설치하고 내부에는 거대한 포스트모던의 그림이 걸려도 예술은 절대 아니었다. 대강의, 가릴 곳까지 굳이 죄다 까발려 그래서 눈 둘 데가 마뜩잖은 새로운 개념의 신종 외설이었다.

하나, 둘, 셋…
발자국 들이
서둘러 골목을 빠져나온다

저벅저벅
생의 가장자리에 머물렀다가
타다다닥
세상의 중심에 모여들었다가
통통통
공중을 한순간 들어 올렸다가
또각또각

날 선 둘레를 고루 깎는 눈부신 음표들

박새보다 더 멀리 날아올랐다

— 「발자국들 —오래 골목 · 12」 전문

처음부터 골목이었다
문득 돌아보니 골목이 되어 있었다

사실,
골목이 되어가고 있다는 것을 알기는 했다
골목 안으로 빨려 들어갈 것만 같아 겁이 났을 뿐이다
깊이 들어가면 길을 잃을 것만 같아서
아예 들어가지 않기로 하였던 것이다
덧대고 덧댄 길이 점점 낯설어져서
들어서기가 겁이 났던 것이다

오래 골목 입구에 서성인 날들
다른 한 발을 차마 들여놓지도 못했는데

어느 날 싹둑 골목이 베어져 있었다

— 「어머니 —오래 골목 · 14」 전문

하루를 지탱하고 살아내는 것 중 가장 큰 흔적을 내는 것은 하루 최초의 발자국이다. 골목을 빠져나올 때면 바닥에서 심장을 휘돌아 골목 담장을 타고 하늘로 솟아오르는 힘찬 발자국. 출근길 골목은 싱싱하기 그지없다. 앞집, 뒷집, 그 뒤의 뒷집, 아래의 아랫집, 옆집의 옆집에서 문이 활짝 열리고 숨소리가 빠져나온다. 그것은 규칙적이면서 단단하고 리드미컬하면서 경쾌하다. 서둘러 골목을 빠져나오기 위한 생의 음표는 '저벅저벅' 이었다가, '타닥타닥' 이었다가, '통통통' 이었다가 이윽고 '또각또각' 바닥에 제 하루의 새로운 시작을 알린다. 계단을 타거나 갈래 길에서 꺾여 지름길로 대로를 향해 내려가는 출근길의 발걸음은 날마다 새로 태어난다. 그것은 생의 가장자리에서, 세상의 중심에서, 박새처럼 공중을 힘차게 날아올랐다가 이른 아침을 활짝 열어젖힌다. 세상의 중심에 들기 위해서, 건강한 생을 살아내기 위해서 바닥을 차고 오르는 박새가 되는 것을 기꺼이 선택한다.

돌아보면 골목은 어머니였다. 어머니가 골목이었다. 아무리 깊숙이 들어가도 길을 잃는 법이 없는 구석구석 골목이었다. '처음부터 골목' 인 어머니, 아니, 처음부터 '골목' 이 되어가고 있었던 거였다. 모른 척했다. 어머니처럼 될까 봐 겁이 나서였다. 태어나 보니 온종일 일하느라 자신을 돌볼 사이가 없었던 어머니, 몸살을 앓아도 새벽에 일어나야 하는 어머니, 아이가 아프면 꼬박 밤을 새워야 하는 어머니가 싫었다. 구차하게 그렇게 살아야 한다면 엄마가 되는 것을 하지 않으면 되었다. 어머니를 보면서 입술을 깨물었다. '깊이 들어가면 길을 잃을 것만 같아서/ 아예 들어가지 않기로 하였던 것이다.' 라고 스스로 납득하는 시간을 가져야만 했다. 하지만 세상의 어머니와 자식이 그렇듯 부정의 골목은 긍정의 골목으로 환치되어야만 했다.

3.

세상에 발을 딛고 사는 생명은 제 몸 하나 건사할 땅만 있으면, 먹을 것만 있으면, 함께 할 이웃만 있으면 그럭저럭 잘 살아갈 수 있다. 미래란 마음 먹기에 따라서 골목이 되기도 하고 대로변이 되기 때문이다. 주변의 상황과 시대에 따라서 내가 어떻게 무엇을 하며 사는가에 따라서 행복의 유무를 점칠 수가 있다. 주관적 가치를 최우선으로 하는 인간의 삶은 정답이 없다. 어느 날, 아파트 계단을 내려서려는데 그늘에 가려진 꽃을 보았다. 활짝 핀 꽃들 가운데 몸이 잔뜩 움츠려 있었다.

꽃이 피려다 말았다

속을 뒤집어 봤지만 단단한 이마만 반짝일 뿐 젖은 머리칼을 내려뜨린 가지 끝 첫 봉오리는 파동이 없다

꾹 다문 입술은 미각을 버린 석면을 닮았다 부풀다 만 납작한 가슴을 꼭 끌어안은 채

두 다리를 옴팡지게 가둬버렸다 쉴 새 없이 흐르던 물소리가 파닥이다 멈추었다

피지도 못한 구차함은 푸른 물방울 뒤에 딱 붙어 있다

허공의 계단을 쭉 밀고 내려온 새는 주둥이를 내밀 때를 기다리지 못한다 지금,

무슨 일이 일어난 거지?

첫 가슴은 수많은 혓바닥을 가진 별, 뜨거운 가슴을 가진 단 하나의 우주가 될 텐데

저녁 창가의 뜨겁고 달콤한 첫 키스, 완벽한 침묵 속 누군가 베어낸 달의 흉터를 한순간에 봉합할 텐데

꽃은 진작 허공에 잎사귀를 던져두고 계단을 거둬들였다 새가 노래할 때 물소리의 기억을 지우기로 한 것은

차가운 이별의 슬픔을 견딜 수 없었기 때문이라는데 분홍 입술이 첫키스를 오래 기억할 용기가 없었기 때문이라는데

피다만 봉오리는 더는 흐르지 않고

촘촘한 상처는 부풀어 오르지도 납작해지지도 않는다 잎끝에 매달린 구름이 잠시 느슨해질 때

겁탈을 엿보던 사내, 햇빛 속으로 줄행랑친다

— 「미완의 변명」 전문

피려다 만 꽃은 어떤 세계에 갇혀 있을까. 전고미증유(前古未曾有)의 세계를 소유한 꽃 한 송이. 아니, 아직 꽃이 되지 못한, 꽃의 세계를 완전하게 누리지 못한 미완(未完)의 환희가 물방울에 꼼짝없이 갇혀 있었다. 다음날도 그다음 날도… 그리고 어느 날 떨어져 내린 꽃봉오리는 그것으로 그만이었다. 생이란 그러고도 가능했다. 얼마든지 그럴 수 있었다. '첫 가슴은 수많은 혓바닥을 가진 별, 뜨거운 가슴을 가진 단 하나의 우주가 될 텐데' 애석하게도 '저녁 창가의 뜨겁고 달콤한 첫 키스' 도 누리지 못하고 '완벽한 침묵 속 누군가 베어낸 달의 흉터를 한순간에 봉합할' 기회조차 얻지 못했다. 그래서 '꽃은 진작 허공에 잎사귀를 던져두고 계단을 거둬들' 이고 만 것이다. 그러나 생은 이미 시작되었다. 어차피 내던져진 생. 한 번은 터뜨려보고 싶었다. 하지만 부단히 애를 썼으나 '새가 노래할 때 물소리의 기억' 을 지워야만 했고, '차가운 이별의 슬픔' 을 견딜 수밖에 없었다. 생의 단 한 번 '분홍 입술이 첫 키스를 오래 기억' 해야 하는 편을 택했기 때문이다. 용기를 상실한 꽃봉오리는 '더는 흐르지' 못했으며 '피지도 못한 구차함은 푸른 물방울 뒤에 딱 붙어' 서서 구차한 변명만 늘어놓는 편을 택했다.

햇빛 아래 발톱이 눈부시다
각기 다른 창을 가진 기억의 방이 퍼덕이며 날개를 펼친다, 늘 그랬듯

익숙한,
자작나무의 희끄무레한 숨결을 견뎌온 결핍의 시간은 내일의 다락방에서나 안도할 테지

날개를 가졌으나 한 번도 날아본 적 없으니
하늘을 꿈꾸었으나 한 번도 땅을 벗어난 적 없으니

어린 발톱이 달을 훔쳤던 적이 있었다
어린 발톱이 해를 할퀴었던 적이 있었다

뿔을 꿈꾸었으나
모자만 갖게 된 여섯 살은 늘 무언가 훔치기만 했고 훔쳐도 훔쳐도 성에 차지 않았다

그럴 때마다 발톱은 안으로 슬픔을 키웠다

꿈의 기슭에는 도망치는 법을 잊어버린 새가 아직도 날고 있으니

가끔 바닥에 어둠을 내려놓고 심호흡을 몰래 키우기도 했을 것
이다
다음 날이면 다시 발목을 내려놓을지라도
또 다음날이면,

푸득 푸드득 가슴뼈가 드러나도록 진저리를 치곤 할 것이다
기억을 회복한 날개가 구름이 될 때까지

—「진법」 전문

걷고 싶은데 발이 없다. 걸음이 없다. 오직 발톱만 무성하다. 어디로 무엇을 향해 나아갈 것인가를 먼저 택해야 했다. 그래야만 앞으로 나아갈 수 있다. 하지만 어디로 향할 것인가. 우선 무작위로 방향을 정해본다. '각기 다른 창을 가진 기억의 방이 퍼덕이며 날개를' 펼칠 수가 있도록. 그렇다면 여기선 '결핍의 시간' 이 절대적으로 필요하다. 그래야만 동력을 얻어 앞으로 나아갈 수 있다. '날개를 가졌으나 한 번도 날아본 적 없으니/ 하늘을 꿈꾸었으나 한 번도 땅을 벗어난 적 없으니' 라는 변명 따위는 버려야 한다. 춤추듯 앞으로 나아갔다가 다시 뒤로 돌아갈 수밖에 없다. 앞으로 나아간다는 것은 뒤로 가지 않는다는 말은 아니다. 제 자리를 지킨다는 것 또한 뒤로 물러나지 않는다고 말할 수 없다. 그렇다면 앞으로 나아가는 것은 정말 앞

으로 나아간다는 말일까. 하지만 아무것도 자신할 수 없다. '어린 발톱이 달을 훔쳤던 적이 있었다/ 어린 발톱이 해를 할퀴었던 적이 있었다' 아무것도 달라지지 않더라도. 그리하여 '뿔을 꿈꾸었으나/ 모자만 갖게 된 여섯 살은 늘 무언가 훔치기만 했고 훔쳐도 훔쳐도 성에 차지 않았다' 는 것을 알았다. 앞으로 나갔다가 뒤돌아오고 다시 옆으로 가는 듯 앞으로 나아가는 삶을 진작 배웠음으로 '기억을 회복한 날개가 구름이 될 때' 를 기다려야 한다. 삶은 진법(陣法)놀이였다. 진법의 삶이었다.

유리창 햇볕에 기대 형편없이 쪼그라든 무가
삭은 발뒤꿈치를 뒤집고 있다
(……)

번뜩인 칼날, 흰 동공을 베어내고
쉴 새 없이 날아든 모래바람을 삼킨 창백한 입술과 혼돈의 눈썹은
붉은 사막의 회오리를 끌어안고 허기를 채우는 중이다

(……)
최초의 날과 최초의 등뼈가
육질의 둥근 시간을 사막의 몫으로 내놓았다
한 생을 순항하였으나 햇빛의 속도를 오판한 죄명을 달았으므로

쪼그라진 영혼은 쉼 없이 붉은 사막을 걸어야 할 것이다

(……)

공식을 벗어던진
가벼워진 저녁 해가
푸른 줄무늬의 부엌을 길게 늘어뜨리는 시간
붉은 사막을 어깨에 두른 베두인의 검은 눈빛이
갈기를 휘날리며 달려온다

―「사막의 이유」 전문

삶이란 때때로 세모였다가 네모였다가 원이 된다. 그 외의 수많은 각이 공존한다. 하지만 삼각, 사각, 원으로만 대강 구분해도 충분한 공식을 얻을 수 있기에 따지지 않아도 될 것 같다. 다양한 각이 오히려 우리를 시시때때로 마음대로 재단하기 때문이다. 어느 시간이었던가. 사용하고 남은 무를 부엌 창문 언저리에 올려두었다. 그런데 그것이 형편없이 쪼그라든 몸을 하고 있었다. 한 번 쪼그라든 몸은 더는 쪼그라들 수 없을 만큼의 부피로 자신만의 세계를 끌어안고 있었다. '둥글었던 시간이 있기는 하였'는지 의심케 한 '길쭉하니 둥근 무'. 그 무는 진작 잘려나간 몸통의 시간을 함께 품고 있었다. 베어내고 또

베어낸 몸이 왜 아직도 그곳에 그대로 남아 있는지 도무지 의문이었다. 형편없이 쪼그라들어 볼품없게 된 몸이 '번뜩인 칼날, 흰 동공을 베어냈다. 쉴 새 없이 날아든 모래바람' 을 삼키고 '붉은 사막의 회오리' 를 끌어안아 허겁지겁 허기를 채우는 것을 보았다. 결국 무는 육질의 '최초의 날과 최초의 등뼈' 를 '사막의 뭍' 으로 내놓을 밖에 없었다. '한 생을 순항하였으나 햇빛의 속도를 오판한 죄명' 이 너무 컸으므로.

'오래, 오래 골목이 살아야만 하는 이유 또는 변명' 이라는 변명 아닌 변명을 해야만 하는 지금, 새삼 생을 떠받치고 있는 아득한 바닥을 본다. 뚜렷한 그 무엇이 분명히 존재하는 삶의 바닥. 그 아래를 본다는 것은 그만큼의 거리를 두는 것이라서 몸을 낮추어 본다. 한껏 구부려본다. 지금 이 순간 늘 보고 만지고 잘 안다고, 잘 살아왔다고 여긴 '땅의 가슴팍' 이 문득 보고 싶어서다. '뽑고 움켜쥐고 긁어내면서/ 뽑히지 않는 것이 있다는 걸/ 경계를 만들면서도 몰랐' 던 골목에 선 자신을 만나고 싶기 때문이다. '함부로 내어줄 수 없는 것이/ 땅의 숨결인 것을/ 바닥에 이르러서야' 겨우 느낄 수 있는 것을. '거둬가기보다 내려놓는 것이/ 더 많아야 숨을 쉴 수 있다고/ 숨결이 잦아들' (「숨」 부분)기 전에 조금이라도 안다면 오늘 하루 조금은 행복하겠다.

시와소금 시인선 100

오래 골목

초판 1쇄 인쇄 2019년 09월 25일
초판 1쇄 발행 2019년 09월 30일
지은이 박해림
펴낸이 임세한
펴낸곳 시와소금
디자인 유재미 정지은

출판등록 2014년 1월 28일 제424호
발행처 강원 춘천시 충혼길20번길 4, 1층 (우24436)
편집실 서울시 중구 퇴계로50길 43-7 (우04618)
전화 (033)251-1195(팩스겸용), 휴대폰 010-5211-1195
전자주소 sisogum@hanmail.net
ISBN 979-11-86550-99-1 03810

값 10,000원

* 이 책의 국립중앙도서관 출판도서목록(CIP)은 서지정보유통지원시스템 홈페이지(http://seoji.nl.go.kr)와 국가자료공동목록시스템에서 이용하실 수 있습니다. (CIP제어번호 : CIP2019034192)

강원문화재단
Gangwon Art & Culture Foundation
* 이 시집은 2019년 강원도 강원문화재단 전문예술창작지원금으로 발간하였습니다.